ROBJAK

Adieu tiroir !

Nouvelles et histoires courtes

© 2017, ROBJAK
Editeur : BoD – Books on Demand,
12/14 rond-point des Champs Elysés, 75008 Paris
Impression : BoD – Books on Demand, Allemagne

ISBN : 978-2-3221-5870-6

Dépôt légal : juin 2017

*Seul celui qui écrit pour lui-même a le devoir
de garder ses textes au fond d'un tiroir.*

Robjak – 2017

Mai 2008 – exposition Parcs et jardins organisée par la Municipalité :

Texte libre sur son attachement à Lyon

Confession

Je t'aime, Lyon

Quand tu t'enflammes pour le ballon rond

Je te pleure, Lyon

Quand tes quartiers explosent et brûlent sans raison

Je te dévore, Lyon

Quand je mange dans tes petits bouchons

Je te maudis, Lyon

Quand du beaujolais nouveau tu ne fais pas la promotion

Je t'admire, Lyon

Quand tu t'éclaires de mille lampions

Je te plains, Lyon

Quand tu réclames plus de prisons

Je t'applaudis, Lyon

Quand tu rayonnes à-travers tes très nombreux salons

Je te rejette, Lyon

Quand tu mélanges pouvoirs et religions

Je t'imagine, Lyon

Quand du Confluent tu auras fini la reconstruction

Je te désapprouve, Lyon

Quand tu veux encore et toujours plus d'autoroutes dans la région

Je te vénère, Lyon

Quand tu représentes le bon goût et le luxe au-delà des horizons

Je te renie, Lyon

Quand tu mêles élection et trahison

Je te sens, Lyon

Quand je tape les boules au square Radisson

Je te subis, Lyon

Quand viennent les jours de pic de pollution

Je t'aime, Lyon

Quand tu nous amuses avec Guignol et Gnafron.

*Concours de nouvelles 2011
de la Vague des Livres (Villefranche sur Saône)
sur le thème :
"la plus belle lettre d'amour".*

Belle inconnue du 40,

Dès que je t'ai vue, j'ai ressenti un trouble profond, ma gorge s'est nouée et je n'ai pu t'adresser qu'un sourire. Je suis alors redevenu l'adolescent que j'étais, timide et maladroit avec les filles.

Depuis, nous avons fait plusieurs trajets dans le même bus, rarement assis l'un à côté de l'autre. Comment ton apparition me conduit-elle à courir derrière toi, à bomber le torse et à rentrer le ventre, je l'ignore. Tu as gommé instantanément trente années de ma vie et quand je te vois, je n'ai ni femme, ni enfants. Je voudrais tout connaître de toi mais les seuls mots que j'ose te dire font immanquablement référence au temps. Que tu dois trouver ma conversation intéressante, pas de doute que tu ne fasses aucun effort pour t'asseoir à mes côtés ! Faut dire aussi que tu ne me facilites pas les choses : à peine assise, tu te réfugies dans la lecture de romans et tu ne relèves la tête qu'au terminus du bus.

Je voudrais te dire que je te trouve très belle, que ton regard, ta voix, ta silhouette me troublent, mais je ne saurais même pas te décrire. Pourtant tu es bien réelle, ta présence me tétanise, annihile tous mes sens et mon esprit. Ton parfum même m'est inconnu, faut dire que seules les odeurs tenaces de transpiration, d'alcool et de tabac froid subsistent dans les bus !

J'ignore si tu es mariée et si tu as des enfants ; je ne parviens pas à te donner un âge, mais tu dois bien avoir quinze à vingt ans de moins que moi ! Dire que je t'aime serait bien en dessous de la réalité, tu m'attires tel un phare en pleine mer. Je suis un papillon et tu es ma lumière, je suis Icare et tu es mon soleil ! Je sais que je risque de me brûler les ailes mais je ne le redoute pas, ma fascination pour toi me consume déjà de l'intérieur.

Un jour, je ferai le grand saut, j'oserai t'écrire ces quelques mots et glisser ma lettre sous l'essuie-glace de ta voiture. Un de tes proches serait-il garagiste ? Chaque jour tu rejoins l'arrêt du bus avec une voiture différente. Là encore, vois-tu, tu sèmes mon parcours d'embûches qui attisent ma soif de partager ton existence !

Mais en attendant ce grand jour, je continuerai à forcer le hasard pour me retrouver sur ton chemin, à te dévorer des yeux. Dévorer, pas déshabiller ! Comment n'as-tu pas remarqué mon regard plein d'envies ? Tu fais désormais partie de ma vie, tu y es entrée sans crier gare et sans que je t'y invite et je ne saurai vivre sans ton apparition, même furtive, au milieu des usagers du 40.

*Concours de nouvelles 2013
de la Vague des Livres (Villefranche sur Saône)
en commençant avec la phrase
"5000 cygnes passent dans le ciel"*

thème libre.

Cinq mille cygnes...

Cinq mille cygnes passent dans le ciel, au-dessus de moi, sans bruit. Dieux réincarnés, étoiles stellaires ? Ces grands oiseaux blancs se succèdent par vagues inégales et volent en direction de l'Étoile du Nord. Ces oiseaux ne sont pas coutumiers de tel rassemblement, ils préfèrent d'ordinaire rester en couple.

Cinq mille cygnes forment un nuage blanc, ces oiseaux majestueux décrivent soudain un cercle et reviennent face à moi. Ce ne sont pas les Oiseaux d'Hitchcock attaquant une simple proie humaine, je sens leurs regards menaçants emplis de haine, leurs cous tendus comme la corde d'un arc. Ils me dévisagent, ils fondent sur moi en silence tels des oiseaux de proie, ils sont là pour moi !

Quel sortilège les pousse vers moi, qu'ai-je fait pour une telle manifestation ? Ma vie n'a en fait rien d'exceptionnel, je suis le parfait anonyme, l'ami sur qui compter, le confident et gardien de tous les secrets, l'homme toujours souriant et d'humeur égale !

Cinq mille cygnes s'écrasent sur mon torse. Hologrammes, mirages ? Ces oiseaux me rappellent tous quelqu'un, de manière précise ou confuse. Ce ne sont pas des êtres et pourtant lorsque ces mystérieux oiseaux me heurtent, je revois des personnes que j'ai côtoyées ou simplement rencontrées.

Cinq mille cygnes pénètrent mon esprit, cinq mille visages souriants ou furieux. Ces visages sont ceux de personnes que j'ai aimées, haïes ou simplement croisées. Cinq mille visages différents qui me font face, tels les guerriers d'argile de l'Armée du premier empereur chinois Qinshi Huangdi.

Quelle puissance a figé leurs visages, pourquoi leurs yeux immobiles me dévisagent et me mettent mal à l'aise ? Ces personnes sont sorties de ma vie il y a des années, des mois, des jours ou des heures. Je ne leur suis redevable ou reconnaissant de rien, elles font partie du passé !

Cinq mille cygnes m'impriment leur message, une simple lettre. Cinq mille signes assaillent ma mémoire, A comme ami, amour, abandon, assassin, B comme baiser, blesser... Tous ces mots révèlent ma force et mes faiblesses, ce que j'aime et ce que j'exècre, ce que je suis et ce que je voudrais être !

Cinq mille lettres forment une farandole devant mes yeux, elles sont le reflet de ma vie, de ce que je fus, de ce que je suis et de ce que je serai indéniablement. Qui a écrit ce message ? L'avenir de l'Homme, mon avenir sont-ils vraiment écrits ?

Quel être, quel Dieu peut-il à ce point s'amuser du destin de ses créatures ? Quelle puissance surnaturelle a le pouvoir d'orchestrer la destinée des Hommes ?

Cinq mille images traversent mon esprit, le temps d'un flash. Cinq mille flashes me renvoient l'image de personnes pour qui j'ai eu un bref instant la soif de revanche. Cinq mille personnes qui m'ont blessé plus ou moins profondément, plus ou moins volontairement.

Cinq mille conflits qui auraient pu être évités si je n'avais pas été le confident ou l'ami silencieux, l'amoureux déçu. Cinq mille déceptions amères, porteuses de rancœur, nées d'un manque de dialogue, d'assurance en moi.

Quelles images m'assailliraient aujourd'hui si j'avais su m'exprimer, révéler mes sentiments à ceux et à celles qui me faisaient confiance, si j'avais su simplement dire oui ou non, ou encore je t'aime ?

Cinq milles occasions ratées, cinq mille trahisons où je n'ai pas su être honnête avec les autres et avec moi. Cinq mille bêtises me reviennent en pleine figure, cinq mille boomerangs me rapportent des souvenirs douloureux.

Cinq mille souvenirs sans cesse ruminés, déformés. Cinq mille frustrations de n'être que l'ami compatissant, le confident mais jamais le petit ami, l'amant. Cinq mille blessures que je n'ai jamais oubliées.

Quelle aurait été ma vie si j'avais eu confiance en moi, si j'avais su me mettre en avant au lieu de rester constamment dans l'ombre des autres, de douter de moi ? Aujourd'hui je sais que toute personne qui n'a pas confiance en elle est condamnée à une vie médiocre.

Cinq mille échecs me confirment que j'ai raison, cinq mille échecs qui sont autant d'occasions de me rappeler l'importance de tirer des enseignements de mes erreurs.

Cinq mille flashes-back s'entrechoquent, ces cinq mille éclairs crépitent comme autant de flammes. Ces flammes s'estompent et reprennent l'aspect de cinq mille cygnes lorsque je lève les yeux au ciel. Ces cygnes ressemblent à cinq mille nuages d'une ouate immaculée.

Quelle vision est réelle ? J'ai l'impression de voyager maintenant de l'Enfer au Paradis ! Tout a commencé quand cinq mille cygnes passaient dans le ciel, au-dessus de moi, cinq mille cygnes qui sont devenus cinq mille visages, personnages, messages, souvenirs, regrets, flammes, nuages...

Cinq mille cygnes volent au-dessus de moi mais je sais maintenant qu'ils ne sont rien de tout ce que j'ai imaginé, ils sont bien plus encore et j'ai peine à l'admettre. Aucune religion, aucune croyance, aucune science ne peut le prouver mais cinq mille âmes planent au-dessus de moi, celles des amis que j'ai reniés ou enviés, celles des gens à qui j'ai souhaité du malheur parce qu'ils m'avaient blessé ou tout simplement énervé, celles de malheureux qui ont croisé mon chemin un mauvais jour.

Concours de nouvelles Edilivre (2013)
Nouvelle érotique, sans connotation pornographique

(classée 88/815)

Elle m'a dit oui !

Je suis heureux, j'ai rencontré une femme formidable l'année dernière, nous avions déjeuné ensemble et aujourd'hui elle accepte de partager à nouveau mon repas. Notre premier contact avait quelque chose d'irréel, j'avais été surpris par la rapidité avec laquelle elle avait accepté de déjeuner avec moi, un parfait inconnu. Je n'ai jamais oublié cette journée qui a marqué ma vie à tout jamais. Je me rappelle ses paroles dans les moindres détails, elle sortait très éprouvée d'un problème conjugal et se félicitait de trouver en moi une oreille attentive. Puis ses mots ont changé, elle devint subitement plus curieuse de me connaître. Au fil des heures, qui me semblait alors des minutes, elle noua une véritable relation avec moi, purement platonique mais je n'oublierai jamais le contact de ses doigts qui effleurèrent ma main un bref instant et ses genoux collés entre les miens durant le repas. Portera-t-elle encore une robe au bustier dégrafé très bas pour me permettre de noyer mon regard dans le délicieux décor de sa poitrine rehaussée par un redresse-seins d'un blanc immaculé ? Aura-t-elle toujours ses longs cheveux bruns qui encadraient son visage d'ange et cachaient son regard sous une mèche rebelle ?

Je suis arrivé en avance, je ne voulais pas manquer ce rendez-vous. En attendant ma tendre copine, je ne peux m'empêcher d'imaginer ce que sera forcément notre seconde rencontre. Je la vois arriver vêtue plus chaudement que la dernière fois : c'est normal, nous nous étions rencontrés en mai dernier et la chaleur n'est pas encore présente en cette fin de janvier. Mais dès qu'elle retire son manteau et qu'elle s'assied, je suis ébahi : elle porte une tenue très sage, un sweet et un jean, mais la couleur anis du pull contrastant avec sa peau hâlée, peut-être un reste de bronzage, m'envoûte. J'observe la poitrine généreuse de cette femme, je la vois se gonfler et retomber à chaque respiration. Je distingue même la proéminence de tétons gonflés de désir. Elle me regarde droit dans les yeux et me parle avec un sourire cajoleur, mais ses paroles me traversent, je suis maintenant suspendu à ses lèvres délicieusement charnues. Elle insiste, me caresse la main du bout de ses doigts. Je baisse mon regard et découvre ses ongles effilés, vernis d'un rouge vermillon. Que ses mains sont belles et fines, à leur vue oserais-je dire que ma compagne, car il va sans dire qu'elle partira avec moi après ce rendez-vous, n'exerce pas un métier manuel ?

Quinze minutes me séparent du bonheur extrême. J'ai vraiment prévu un délai trop important mais cela ne fait rien, je vais pouvoir poursuivre mon rêve ! Elle m'avoue qu'elle est, elle aussi, très heureuse de nos retrouvailles, qu'elle ne m'a jamais vraiment oublié.

Elle me rappelle sa précédente mésaventure qui s'est soldée par une petite fille en bas-âge et un mari poursuivi pour violence conjugale. Elle m'affirme qu'elle ne veut pas s'engager dans une nouvelle aventure sentimentale mais je sens en même temps une jambe se glisser entre les miennes, puis un pied déchaussé venir au contact de mon sexe. Je ne suis pas habitué à une telle situation, je me sens excité et gêné. Mon désir est plus fort que ma réserve et je suis sur le point d'exploser, mais le coton de mon jean tient bon et j'ai subitement la sensation de porter des souliers trop petits, bien que là il ne s'agisse pas de chaussures ! Collé au fond de mon siège, je ressens l'effleurement des orteils de ma compagne comme un encouragement mais c'est en fait un véritable supplice : il n'est pas question que je dégrafe là ma braguette ! Je ne sais pas d'ailleurs ce que je serai censé faire ensuite dans un lieu public comme le restaurant où j'attends de déjeuner en agréable compagnie.

Encore dix minutes ! Je me projette maintenant dans le futur, avec ma compagne. Nous sommes tous les deux au bord de notre piscine, dans la maison que nous avons choisie ensemble. Je contemple son corps couvert de fines gouttelettes, exposé aux rayons du soleil et aux reflets de l'eau qui forment une multitude de taches lumineuses sur sa peau, qui s'envolent avec la légèreté des papillons.

Cinq minutes ! Décidément l'horloge tourne lentement, trop lentement. Dire que dès que ma copine sera là, les aiguilles vont s'emballer et que je n'aurai certainement pas le temps de lui raconter tout ce que j'ai imaginé en l'attendant ! Cinq minutes, les cinq dernières minutes, cela me rappelle une série policière française des années soixante avec le commissaire Bourrel qui dénouait ses enquêtes dans ce laps de temps. Et si, moi-aussi, je découvrais durant ces trois cents secondes le pourquoi de mon attirance pour ma copine, ou plus fort encore pourquoi son intérêt pour moi ? Mais je ne suis pas le célèbre inspecteur, pourtant je me souviens de plein de détails de notre premier rendez-vous. Tout avait commencé par notre présence à une même exposition de peintures. Nous nous étions cognés l'un et l'autre sans préméditation. Ce n'était pas qu'il y avait foule au vernissage mais nous étions tous les deux attirés par la même toile et nous cherchions l'angle le plus propice à rendre la beauté du tableau aux admirateurs que nous étions. Cela aurait pu se solder par une interjection, un signe d'énervement ou de contrariété, un manque voulu de réaction. Ce ne fut pas le cas, elle et moi nous sommes regardés, les yeux dilatés, nous aspirions chacun l'image de l'autre. Un coup de foudre ? Je ne crois pas, nous ne nous sommes pas aimés instantanément, nous étions seulement attirés l'un par l'autre. Et puis notre mine déconfite nous a fait rire, nous étions en osmose, nous ne pouvions pas nous quitter comme ça. Je lui ai alors proposé de déjeuner avec moi, ce qu'elle a accepté rapidement après quelques mouvements de langue sur ses lèvres délicieusement charnues, qui n'avaient eu aucun recours à la chirurgie esthétique. Et sa robe ! Je n'avais pas remarqué auparavant son tissu suffisamment transparent pour me permettre de découvrir son corps lors d'un contre-jour propice et son décolleté qui était un appel à l'amour. Je me rappelle sa poitrine rehaussée par un redresse-seins blanc, je voyais en partie l'aréole de ses seins, sa peau dorée qui devenait plus claire sur une zone couverte certainement l'été par un maillot de bain volumineux. Plus tard, lorsqu'elle se pencha pour ramasser son téléphone portable qui lui avait échappé des mains, je devinais à travers sa robe transparente un tatouage au creux de ses reins. La vision avait été trop brève pour que je puisse voir de quel dessin il s'agissait mais savoir qu'un homme avait posé ses mains sur une zone aussi intime de la femme qui me fascinait me faisait enrager. Et puis, nous avons trouvé un restaurant à proximité, en parfait gentleman j'avais décidé d'offrir le repas à celle que je considérais comme mon invitée mais fort heureusement pour mon compte bancaire au plus bas, elle avait insisté pour partager la note. Ce fut durant ce repas qu'elle me confia son passé : elle avait déjà eu une vie de couple et était maintenant séparée, avec une fillette toute jeune et un ex-mari qui la harcelait. Je fus alors déçu d'apprendre que cette femme avait perdu sa virginité dans les bras d'un autre homme, mais qu'est-ce que je croyais ? Je me rappelle qu'ensuite, plus je la regardais, plus je trouvais normal qu'elle eût une autre vie avant. Cela m'aurait même interpellé qu'il n'en fût pas ainsi avec une aussi belle femme, cela aurait caché une tare, comme l'incapacité de vivre avec un homme, d'être touchée, caressée, pénétrée !

Une minute ! Sa montre est en panne ou c'est une fonctionnaire, personne d'autre ne peut être aussi ponctuelle ! Lorsque nous nous sommes quittés, j'avais la gorge en feu, des fourmis dans les doigts et surtout le regret de ne pas l'avoir caressée, de ne pas avoir posé mes lèvres sur la peau certainement douce et tiède de ses seins, de n'avoir pas pu satisfaire ma curiosité et découvrir son tatouage ! Et son parfum, qui m'a hanté durant de longues journées, quel était-il ?

Trente secondes encore et je vais faire tout ce que je n'ai pas osé à notre premier déjeuner. Ma langue a soif de la sienne, mes doigts sont impatients de parcourir son corps, mes yeux cillent à l'idée de la découvrir en tenue d'Eve, je suis prêt à sublimer cet ange, cette digne héritière d'Aphrodite, cette beauté surnaturelle ! Elle va se pointer là, face à moi, d'un instant à l'autre ! Mon corps et mon âme l'appellent...

- Hum !

Je fais volte face pour me trouver face à deux superbes créatures qui se tiennent par la main. L'une d'elles est celle que j'attendais.

- Bonjour, fait cette dernière, je suis bien contente de te revoir et je voulais que tu sois le premier à le savoir...

Devant l'attitude des deux femmes, je ne me fais plus d'illusion. J'ai reçu une douche glacée et j'imagine alors que plus rien ne peut m'arriver. Le couple m'est devenu subitement transparent, je suis même incapable de décrire les vêtements que portent les deux personnes.

- Voilà, poursuit mon ex-copine, je suis en couple avec...

Devant mon air déconfit, elle se justifie :

- Tu sais bien que j'ai été très déçue par les hommes et je ne veux pas revivre ça. Je te l'ai dit à notre première entrevue. Qu'est-ce que tu croyais ? Vivement qu'Hollande fasse passer sa loi sur le mariage !

Écroulés mes rêves ! Elle tourne les talons et disparaît, entraînant sa compagne anonyme derrière elle. Je me retrouve seul avec ma désillusion.

NdA : texte écrit avant la promulgation de la loi sur le mariage pour tous

*Concours de nouvelles 2015
de la Vague des Livres (Villefranche sur Saône)
sur le thème :
la gastronomie.*

*Forme libre
2 nouvelles.*

Invitez-moi, si vous n'avez pas peur !

Bien cuisiner n'est pas donné à tout le monde, et je ne fais pas partie des élus. Cela ne m'empêche pas pour autant d'apprécier un plat finement cuisiné, accompagné d'une bonne bouteille. Cependant, je suis avant tout quelqu'un de visuel et mon envie de déguster tel ou tel met dépendra de l'image que j'en recevrai. Je sais que c'est primaire et sujet à controverses, mais je ne peux pas apprécier un bon plat sans avoir ressenti auparavant un régal pour mes yeux.

Je sais qu'un bon plat relève de tant de contraintes que je devrais être satisfait lorsque sa préparation est parfaite, tant au niveau de la qualité et de la fraîcheur des aliments qui le composent que de leur cuisson, que du mariage judicieux des saveurs. Pourtant, le meilleur plat cuisiné au Monde ne saurait me faire saliver s'il m'était servi à-même la casserole, dans une assiette cartonnée, déformable, avec des couverts en plastique de surcroît, mais cela n'arrive jamais… ou que dans mes cauchemars ! Tout le monde prépare méticuleusement la présentation de ses plats, jouant sur la forme des assiettes, la disposition des aliments, le contraste des couleurs, en ajoutant ici une petite tomate rouge ou jaune, là un brin de persil ou l'extrémité d'une feuille de fenouil, privilégiant les sauces en coupoles pour les entrées...

Une fois l'obstacle visuel franchi, j'ai encore beaucoup de sensations à recevoir avant de déguster un plat. Le fumet qu'il dégage est mon second critère, plus particulièrement pour les plats chauds. L'odeur d'une bonne persillade annihile pour moi une présentation médiocre, mais pas toujours... Le délicat bouquet des herbes aromatiques, de l'aneth, la senteur d'une peau de poulet grillée ou d'un fromage fondu, le parfum des fruits contribuent aussi à mon envie de déguster un plat. Par contre, des relents de charcuterie ou de viande avariée scellent irrémédiablement mes lèvres. Mais là-encore, cela n'arrive jamais !

Des petits riens peuvent parfois avoir de graves conséquences. Je suis très attentif à ce que je mange et si la température des plats est à ce stade pour moi importante, ma sensation du toucher à-travers les dents de ma fourchette ou la lame de mon couteau est parfois dévastatrice. Je reconnais que je me suis parfois trompé, que la fermeté que j'ai ressentie en piquant un morceau de pomme de terre, par exemple, n'était pas révélatrice d'un légume pas assez cuit ou ramassé avant maturité mais d'un ustensile aux dents peu pointues, que le déchirement d'une viande ne mettait pas forcément la qualité de celle-ci en cause mais pouvait provenir d'un couteau mal aiguisé. Je suis aussi mal à l'aise si les entrées sont servies et si l'invitation à commencer le repas est prononcée avant que le pain ne soit distribué. Pain frais, bien évidemment…

Le moment tant attendu arrive enfin, la découverte du goût. Ce moment est pour moi très fort en émotion. C'est à cette étape que tout peut encore chavirer, à cause de l'odeur et du goût d'un couvert en argent, de l'assaisonnement pas assez ou trop relevé, de la cuisson, de la qualité et de la fraîcheur des aliments. C'est aussi en cet instant que vous aurez droit soit à toute ma gratitude pour vos plats et vos présentations réussis, soit à un remerciement poli. Jamais je ne critiquerai votre choix du menu bien que je sois loin d'aimer tous les plats, mais je serai plus exigeant sur la présentation et le fumet d'une préparation à laquelle je ne goûterai pas ou peu, au grand dam de mes papilles…

Mais l'aventure ne s'arrête pas là. Que serait un bon menu sans vin ? Je ne suis pas esclave des clichés et des habitudes, la couleur et le renom des vins ne doivent pour moi pas être tributaires des plats proposés, comme trop souvent suggérés par les œnophiles et parfois même les négociants, les producteurs ou les sommeliers. Tout est une histoire de goût et tout comme ces dernières années se développent les contrastes sucrés-salés, les oppositions de goûts peuvent se retrouver entre un plat et le vin qui l'accompagne. Seulement tous les contrastes ne sont pas judicieux, aussi n'osez l'innovation qu'après l'avoir testée !

Autant de plats et de vins, autant de ressentis différents. Ce qui me restera en mémoire d'un succulent repas pris chez vous ne sera pas le menu mais les saveurs restées en bouche, la découverte de nouveaux mariages salés-sucrés, une odeur particulière, la vision d'une préparation inhabituelle, l'union parfaite entre les plats et les boissons, votre présence. Pour un repas pris dans un restaurant, je me souviendrais en plus du cadre, de la rapidité du service, de la quantité présentée dans l'assiette, mais aussi du prix et des sourires du chef et de la serveuse...

Alors Mesdames, invitez-moi, si vous n'avez pas peur... de mon jugement !

Ma recette

Pour faire un bon roman, il faut :

- Un beau saumon

Dont on ne gardera que le squelette

Pour inscrire la trame de l'histoire,

- Quelques légumes frais

Qui définiront les traits des personnages,

Petits, gros, la peau fripée ou tachée,

- Quelques fleurs à-peine écloses

Dont les couleurs symboliseront les sentiments

Leur intensité et leur durabilité,

- De l'huile végétale

Pour que les mots, les phrases

Et les paragraphes s'écoulent naturellement,

- Du sel, du poivre

Pour attiser la soif

De lire l'histoire sitôt le livre ouvert,

- Du cumin, du safran ou du piment

Pour ressentir le suspense

Jusque dans ses tripes.

Pour faire un bon roman, il faut :

- Une bouteille de vin

Pour lier les éléments du scénario

Dans une intrigue complexe,

- Quelques gouttes d'alcool blanc

Pour réveiller l'intérêt du lecteur

Parfois démotivé après quelques pages,

- De la réglisse

Pour faire monter la tension

Du lecteur au fil des chapitres,

- Des blancs d'œufs montés en neige,

Pour conforter le lecteur

Dans le plaisir de la lecture,

- Des betteraves rouges

Dont on ne gardera que l'eau de cuisson

Pour écrire le titre sur la couverture,

- Du sucre glace

Dont on fera un délicieux sirop

Pour glacer la jaquette.

Pour faire un bon roman, il faut :

- Des légumes frais de toutes saisons

Pour éviter la disparition

Des récits d'actualité éphémères,

- Des produits du terroir

Pour revendiquer leur nom

Et pour intéresser les gens du cru,

- De la levure

Pour gonfler les rangs des lecteurs

Et intéresser les éditeurs parisiens,

- De l'ail

Pour éloigner les plagiaires

Les éditeurs à compte d'auteurs,

- Du miel

Pour attirer les bons éditeurs

Et obtenir de vrais contrats,

- Du marc de café

Pour découvrir au fond de la tasse

Si le roman sera un best-seller.

Mais avant tout,

Pour faire un bon roman, il faut :

- Plusieurs bouteilles de vin

Pour trouver un bon scénario

Et le construire,

- Des tasses de café

Pour rester concentré

Et ne pas s'endormir sur le clavier,

- Du poisson,

Beaucoup de poissons

Pour ne rien oublier des passages déjà écrits,

- Des carottes

Pour améliorer la vue

Et déceler toutes les erreurs d'écriture,

- Des artichauts

Pour entraîner sa patience

Dans l'attente des moments réservés à l'écriture,

- De la tisane

Pour vivre pleinement le moment excitant

Où est écrit le mot « Fin ».

*Concours de nouvelles 2017
du salon du livre des pays de l'Ain (Attignat)
Enquête policière originale et très sombre,
en 6 pages A4 maximum.*

2 nouvelles

Journée de merde !

John MacDean maugrée, il va devoir encore passer des heures assis derrière son bureau, à attendre il ne sait quelle affaire. L'inspecteur est un homme d'action, un Bruce Willis bien réel. Il a déjà enquêté sur d'innombrables scènes de meurtre. Il se délecte à plonger ses mains gantées de latex dans les viscères encore fumantes, dans les flaques de sang poisseuses... Il s'est forgé un cœur dur tout au long de sa carrière exemplaire, c'était le prix à payer pour rester lucide, pour ne pas vomir sur des corps parfois réduits à de la chair à pâtée. Plus rien ne le touche et ses supérieurs font toujours appel à lui en premier. C'est bon pour leur prestige, pour parader ensuite devant les médias avec un coupable livré sur un plateau. Jamais les chefs de district n'ont remis en cause le jugement et le mode opératoire parfois musclé de MacDean, toujours ils lui ont laissé carte blanche.

La sonnerie du téléphone portable tire l'inspecteur de ses réflexions :

— Il y a eu un crime d'une rare violence, dans une chambre du Dakota et je veux que vous y alliez ! ordonne son supérieur.

L'inspecteur termine sa toilette en toute hâte, s'empare de son insigne et de son revolver, enfile un chargeur plein.

Une fois parvenu au Dakota Building, situé à deux pas de Central Park et tristement célèbre à cause de l'assassinat de John Lennon en décembre 1980, MacDean découvre la scène de crime et fait les premières constatations d'usage, sous l'œil médusé des policiers qui l'ont reconnu et respectueusement salué. L'inspecteur les a ignorés, il ne veut pas polluer la première impression qu'il a ressentie en découvrant le carnage. Tous ses sens sont mis à vif, il sait que les toutes premières minutes passées dans cet endroit sont déterminantes pour lui. Il a toujours pu résoudre ses enquêtes grâce aux sensations éprouvées au premier instant de son arrivée sur une scène de crime. C'est un sensoriel, et il s'en tire très bien. Pourtant là, il ressent un étrange malaise : il n'a jamais constaté une violence aussi extrême. C'est un véritable carnage, le corps nu, lacéré de toutes parts, démembré et décapité, baigne dans une mare de sang coagulé. Les pieds et les mains ont été sectionnés et empilés contre une corbeille à papier, la tête calcinée est encore fumante. Un policier attend la permission de l'inspecteur pour refermer la porte du mini-four, mais l'ordre ne vient pas. Les murs, le sol et le plafond, la literie sont maculés de sang.

L'odeur âcre de l'urine se dispute avec celle de viande brûlée.

— Jamais de ma vie je n'ai vu une telle boucherie, et pourtant j'en ai vu des horreurs, pense MacDean.

Le médecin légiste vient d'arriver avec son équipe. La Police Scientifique a fini de relever les détails de la scène de crime, l'inspecteur opine du chef et les différents morceaux du corps sont réunis dans un grand sac mortuaire, maintenu précieusement par les auxiliaires du docteur. L'équipe quitte les lieux, l'enquêteur ne connait pas ces hommes, mais ce n'est pas la première fois qu'il travaille avec des inconnus. La faute à son supérieur, qui l'envoie sans cesse en première ligne, au mépris des procédures réglementaires.

— Nous n'avons trouvé aucun papier d'identité, se hasarde un policier.

— Il ne s'était pas inscrit à la réception ? s'étonne MacDean.

— Si, sous le nom de Richard Castle, mais sans doute une fausse identité, sinon pourquoi l'assassin se serait évertué à rendre le corps méconnaissable.

Le policier guette la réaction de l'inspecteur avant de poursuivre :

— Notre sergent fait les recherches d'usage mais l'employé de l'hôtel n'est pas très clair, il n'est pas seul dans sa tête !

— Vous n'avez trouvé aucun ordinateur ?

— Non !

— Alors que font là cette sacoche et ce chargeur ? insiste l'inspecteur en montrant les accessoires d'un portable.

— Je l'ignore...

— Quelqu'un est-il entré ici depuis votre arrivée ?

— Non, nous avons établi immédiatement un périmètre de sécurité !

— Comment avez-vous été averti du crime ?

— Un client d'une autre chambre s'est plaint d'odeurs écœurantes, le réceptionniste a appelé le prétendu M. Castle, chambre 212, sans réponse. Il est alors monté au second étage et a frappé, d'abord timidement puis avec insistance. Pas de réaction. L'employé a alors appelé l'agent de sécurité et ensemble ils ont ouvert la porte pour découvrir cette..., ce carnage !

Le policier est visiblement choqué, il ne parvient pas encore à trouver les bons mots pour qualifier l'horreur environnante.

MacDean ne juge pas nécessaire d'interroger le réceptionniste, le sergent lui fera son compte rendu. Aussi décide-t-il de se rendre à la morgue du District, pour recueillir les premiers résultats du médecin légiste. Quelle n'est pas sa surprise de découvrir un autre homme et, pas de cadavre !

— Vous êtes devenu célèbre, annonce le docteur en désignant un écran télé.

En effet, un reportage tourne en boucle ; une journaliste relate la tragédie, le visage crispé :

— Le romancier Richard Castle, mondialement connu pour jouer son propre rôle à l'écran, dans les séries qu'il a écrites, est mort dans des circonstances horribles. Le célèbre inspecteur MacDean qu'on peut apercevoir sur les images suivantes a été saisi de l'enquête. On ne doute pas en haut lieu qu'il saura trouver le coupable. Le palmarès de cet enquêteur est impressionnant et rassurant...

L'angoisse s'empare de l'inspecteur qui retourne, sirène hurlante, sur le lieu du crime.

La réceptionniste, une charmante blonde dans les yeux de laquelle il aurait aimé se noyer en d'autres circonstances, lui décroche un sourire torride et l'interpelle :

— Monsieur, vous ne pouvez pas monter ainsi dans les étages, veuillez me décliner votre identité !

— Où est votre collègue ? s'étonne MacDean.

— De qui parlez-vous ? Je suis seule à tenir ce poste !

L'enquêteur blêmit, une certitude et des craintes s'installent à la vitesse de l'éclair dans son esprit. Quelqu'un s'est servi de lui : après le légiste, le réceptionniste semble être un imposteur. Et la scène de crime, est–elle toujours sécurisée ?

— Dites à votre responsable de me rejoindre chambre 212 ! lance MacDean d'un ton autoritaire, en exhibant son insigne.

— Dois-je aussi prévenir M. et Mme Marlowe qui occupent cette suite ?

— C'est des conneries, s'écrie l'inspecteur, cette pièce est une scène de crime !

— Elle ne l'est plus, vos collègues ont tout nettoyé !

— C'est impossible. Donnez-moi la clé !

— Sécurité ! J'ai là un homme en plein délire !

Instantanément deux malabars à la mine patibulaire encadrent MacDean. La vision de l'insigne de l'officier n'a aucun effet sur eux : ils sont prêts à en découdre, les mâchoires serrées, le tissu prêt à craquer sur des biceps gonflés par le désir de frapper. Trop de témoins pour une réaction musclée, trop de regards méfiants des personnes présentes dans le hall et à l'accueil, l'inspecteur doit faire profil bas. Il se laisse raccompagner à l'extérieur par les deux gorilles. Il se fait la promesse de revenir les corriger plus tard, une fois son enquête achevée.

– Pour une journée de merde, c'est une sacrée journée de merde ! vocifère-t-il. Je découvre une scène de crime horrible, le corps disparait, emporté par un faux légiste, puis la scène de crime n'en est plus une, occupée par un couple. Faut que je découvre la vérité, même si je dois briser les deux armoires à glace qui m'ont expulsé !

Le portable sonne et une voix furieuse résonne à l'oreille de l'inspecteur :

– MacDean, ramenez vos fesses au triple galop ! ordonne le chef du district.

Jamais son supérieur ne lui avait parlé sur ce ton, ce qui ébranle l'enquêteur. Pour lui, tout s'enchaîne si vite et d'une manière tellement inhabituelle qu'il ne sait plus quoi penser. Une chose lui parait cependant certaine : il doit se préparer à passer un mauvais quart d'heure face à son chef. Lui, qui n'a jamais connu d'enquête irrésolue, qui n'a jamais failli dans son travail, en qui ses supérieurs ont toute confiance, vient de mettre lamentablement fin à tout ceci. Il ignore comment expliquer pourquoi il a merdé à plusieurs reprises, comment parler d'un corps disparu, d'une scène de crime qui n'en est plus une...

Un sentiment de révolte gronde en lui, aussi MacDean stoppe sa voiture à plusieurs rues du siège de la NYPD. Il est surpris par le nombre important de personnes collées aux vitrines des magasins de téléviseurs. Certaines sont en pleurs, d'autres surexcitées. Il hasarde un regard par-dessus des épaules : il découvre la scène de crime qu'il a vue de ses propres yeux dans la matinée, et un sous-titrage annonçant la mort de Richard Castle, ce chien à la botte du Gouvernement, selon le mystérieux expéditeur du film.

— L'assassin a tout filmé avec l'ordinateur de ce Castle, vocifère l'inspecteur. Voilà pourquoi il n'y avait plus de PC dans la chambre. Mais comment a-t-il pu envoyer ces images aux médias ?

MacDean reconnait son propre visage lorsqu'il enquêtait sur place. Fort heureusement pour lui, les gens sont trop absorbés par le scoop pour se retourner et le reconnaître.

— Je devine maintenant pourquoi on me veut au siège, mais je ne comprends rien à cette histoire !

Quelle sentence m'attend et quel salopard est derrière tout ça ? Je n'en connais pas un seul, que j'ai arrêté ou seulement inquiété, qui soit capable d'une telle embrouille !

C'est un homme cassé, la tête basse et le dos voûté, les épaules en avant, qui franchit le seuil du siège de la NYPD. L'agent de police à l'accueil le salue, le regard pétillant et annonce son arrivée, invitant MacDean à se rendre directement en salle de réunion. L'attitude du policier n'a pas échappé à l'inspecteur qui fulmine, pensant que celui-ci se réjouit de sa disgrâce imminente. L'inspecteur est surpris, la salle est plongée dans une pénombre quasi totale, seul un faible éclairage renvoie l'image du chef de district, assis à un bureau.

— MacDean, aboie ce dernier, je ne peux pas dire que votre dernière enquête soit une réussite. Et je refuse d'entendre votre défense...

Alors que l'inspecteur s'attend au pire, à la fin de sa carrière, les lumières s'éclairent sur une foule d'inconnus qui l'applaudit. Petit à petit, MacDean reconnait les visages du pseudo légiste, du policier, du réceptionniste du Dakota. Devant son étonnement, son supérieur prend la parole, en invitant un quinquagénaire inconnu à le rejoindre :

— Mon cher John, je vous présente Andrew Marlowe. C'est à lui que vous devez ce que vous venez de vivre et je lui laisse vous expliquer pourquoi !

MacDean se retient de se jeter à la gorge de cet inconnu, responsable de sa douloureuse mésaventure.

— Comme vous le savez peut-être, j'ai créé le personnage de Richard Castle, personnage emblématique qui a dépassé nos frontières. Mon succès a été tel que j'ai mandaté mes scénaristes pour donner l'illusion que mon personnage fictif existait réellement. Richard Castle est devenu un auteur à succès, ses romans se vendent dans le monde entier. Sa pseudo mort est le point de départ de la huitième saison de cette série, il n'y a jamais eu de cadavre, le corps mutilé que vous avez vu était un moulage suffisamment réaliste pour vous tromper !

— Vous m'avez piégé, s'écrie MacDean incapable de contenir sa rage, vous avez fait de moi un pion, vous m'avez même filmé à mon insu et vous diffusez cette scène sur les télés. Je devrais vous poursuivre...

— Mais vous ne le ferez pas ! rétorque Marlowe. J'ai ici l'accord signé de votre chef de district, et du cabinet du Pentagone.

— Pourquoi m'avoir choisi, moi ? Des centaines d'autres auraient pu faire l'affaire !

— Votre notoriété, votre intégrité et la confiance que vous inspirez... Tout cela rendait l'enquête crédible, personne ne doutant de vous !

— Vous êtes pire que les criminels que je traque. Eux peuvent m'atteindre physiquement mais je sais me défendre. Vous, c'est plus sournois, je ne pourrais plus jamais avoir confiance en un médecin légiste que je ne connais pas, idem d'un policier, d'un sergent, pire de mon chef. Vous m'avez détruit, la NYPD a perdu un bon agent par votre soif de profit !

Sur ses mots, MacDean dépose son insigne et son arme sur le bureau, puis disparait.

— Putain de journée de merde ! s'écrit MacDean en sautant hors de son lit. Je vais être en retard, mon Boss va encore retenir des heures sur ma paie de livreur. C'est promis, plus jamais je ne regarderai la série Castle, elle me perturbe trop !

Temps de cochon !

Figé derrière son volant, l'inspecteur Vizion observait nerveusement les alentours. Il n'aimait pas la tournure qu'avait pris cette affaire. Tout avait commencé trois heures plus tôt, il avait été alerté sur son portable de service par un correspondant anonyme, qui avait entendu des cris stridents, inhumains. L'homme avait refusé de décliner son identité et s'était servi d'un téléphone à numéro caché. La communication avait été trop brève pour permettre une géo localisation. L'officier n'aurait pas dû donner foi à cet appel, mais quelque chose l'avait poussé à agir : prémonition, curiosité, sens du devoir ?

Vizion s'était alors rendu à l'endroit signalé par son mystérieux correspondant, mais il était trop tard pour intervenir légalement. Aussi avait-il discrètement observé les lieux, sa voiture banalisée garée à quelques mètres de lui, derrière un bosquet. Face à lui se dressait la silhouette massive d'un bâtiment plongé dans l'obscurité d'une nuit sans lune. Aucune lumière ne filtrait des fenêtres, pourtant l'habitation n'était pas déserte, des bribes de conversation portées par un vent marin parvenaient aux oreilles de l'officier. Ce dernier était trop loin pour comprendre ce que racontaient des individus adossés à un gros véhicule, de type tout-terrain. L'inspecteur s'était alors approché prudemment et il parvenait à discerner deux visages à la lueur rougeoyante de cigarettes aspirées à grandes et lentes bouffées. De faibles reflets sur la carrosserie du véhicule laissaient croire en un pickup. Telles des sentinelles, les deux hommes semblaient monter la garde ou attendre quelque chose.

Depuis son arrivée, Vizion n'avait entendu aucun cri, aucun son strident et rien ne justifiait sa présence. L'attitude des sentinelles n'avait rien de répréhensible. Au moment où l'inspecteur s'apprêtait à rejoindre son véhicule, le grincement d'une porte se fit entendre et d'autres silhouettes se détachèrent sur un fond de lumière. Les nouveaux venus tiraient une masse inerte, enroulée dans une bâche plastifiée. Très vite les deux personnes restées à l'extérieur les rejoignirent et unirent leurs efforts pour charger le pesant fardeau sur le plateau du pickup.

— Il faisait son poids, le cochon ! souffla l'un d'eux.

— Et il a pissé du sang de partout, ça va me prendre la nuit pour tout nettoyer ! poursuivit un autre.

— T'as entendu comme il a couiné ce porc, un vrai goret ! ricana le premier.

Vizion n'en croyait pas ses oreilles. Il y avait bien eu un crime et l'un des hommes s'apprêtait à effacer les traces. L'inspecteur ne pouvait pas intervenir sans risquer de donner une chance aux coupables de s'en sortir, suite à une arrestation abusive et illégale. Il ne pouvait pas plus alerter la brigade sans risquer d'être repéré. Il s'appliqua à relever tous les détails que lui offrait la lumière jaillissant par la porte récemment ouverte : le pickup semblait être de marque Ford mais garé le long du mur, son immatriculation était invisible ; l'homme qui avait parlé en second portait un grand tablier blanc, maculé de taches sombres pouvant être du sang…, une vraie caricature de boucher.

L'officier distingua ensuite une des deux sentinelles qui enfouit sa main droite dans son blouson tout en s'adressant à l'homme au tablier :

— Je vais maintenant te régler ton compte !

Vizion saisit son arme, prêt à intervenir. Que lui importaient l'heure légale, le respect de la procédure, la justification de sa présence sur les lieux, il ne pouvait pas assister passivement à une exécution. Il inspira profondément, se récitant à toute allure les paroles qu'il allait crier pour interpeler l'homme qui ressortait lentement la main de son blouson. Mais les mots stoppèrent net dans sa gorge, tandis que ses épaules s'affaissèrent et que son bras retomba le long du corps : la sentinelle tendait un paquet qui pouvait être une grosse enveloppe, peut-être pleine de billets de banque.

L'homme au tablier soupesa l'enveloppe, apparemment satisfait.

Le pickup entamait maintenant une lente marche arrière, puis s'engagea sur le sentier menant à la route. Vizion n'hésita qu'une fraction de seconde avant de rejoindre sa voiture.

— De toute manière, maugréa-t-il, l'autre va nettoyer la scène de crime et je ne peux rien faire pour l'instant. Peut-être que je trouverai quand-même un indice en revenant plus tard. Il doit se sentir en sécurité, il ne se doute pas que j'ai été témoin de sa transaction !

L'officier suivait le Ford à distance raisonnable, il ne voulait pas attirer l'attention des deux hommes. Le puissant véhicule soulevait un léger voile de poussière, la route était sèche, il n'avait pas plu depuis plusieurs mois. Soudain le tout-terrain s'engagea dans un étroit sentier qui menait à la mer.

Affecté depuis peu dans la région, Vizion connaissait les principales voies de circulation et il savait que ce sentier était sans issue, même pour un 4x4. Il était persuadé que les deux passagers du pickup allaient se débarrasser de leur chargement du haut d'une falaise, aussi poursuivit-il sa filature, tout phare éteint. Ses essuie-glaces balayaient difficilement un important nuage de poussière, des chocs sourds et des raclements accompagnaient les secousses du véhicule à chaque ornière, des branches frappaient parfois le parebrise et les vitres latérales, comme autant de mains invisibles. Il fallut les nerfs d'acier de Vizion pour continuer, sans laisser place à la panique.

L'inspecteur parvint à distinguer une demeure à travers les branchages. Un choc plus violent sous le plancher du véhicule le fit quitter le sentier et l'envoya dans une trouée. L'automobile s'immobilisa quelques mètres plus loin, sans dommage. Vizion rejoignit le chemin à pied, préférant laisser sa voiture à l'abri des regards, car il savait que les deux sentinelles repasseraient par là, une fois leur méfait accompli. Il apercevait maintenant la maison entrevue avant sa sortie de route : le pickup était arrêté devant, un seul homme à l'intérieur et le moteur en marche. La bâche enveloppant le mystérieux fardeau était visible, mais pourquoi le 4x4 était-il garé ici et que faisait le second occupant du puissant véhicule ?

La pluie s'écrasa soudainement tout autour de l'officier et sur lui, sans prévenir. L'homme se crispa, surpris par l'attaque sournoise des multiples gouttes d'eau glacée. Il ressentait le contact de chacune d'elles et c'était désagréable.

— Sale temps de cochon, marmonna-t-il, quelle poisse ! Il n'a pas plu depuis plusieurs mois et voilà que c'est maintenant qu'il flotte, alors que je suis en planque en pleine nature, dans la nuit noire, sans abri et sans vêtement approprié !

L'homme resté dans le pickup s'impatientait, après deux ou trois coups de klaxon brefs, il sembla résolu à faire revenir son compagnon au plus vite : il immobilisa sa main sur la commande de l'avertisseur et un son monocorde, semblable à une corne de brume, s'éleva, couvrant le bruit de la pluie tombant violemment sur les feuilles des arbres, sur la carrosserie du véhicule... Vizion avait trouvé refuge sous un chêne, mais cette protection cédait peu à peu sous le déluge, les feuilles n'étaient pas de force à résister aux impacts incessants de l'averse. Des flaques remplissaient les ornières. Le klaxon se tut en même temps que la pluie cessa. Le pickup faisait gicler une eau boueuse tout autour de lui et arrivait face à l'inspecteur, l'éclaboussant au passage.

C'en était trop, l'officier courut rageusement à son véhicule, glissant parfois sur le sol détrempé. Il s'assit enfin dans sa voiture, soulagé de sentir les premiers effets bienfaisants du chauffage poussé au maximum. Le 4x4 était déjà loin et Vizion ne pouvait pas rouler très vite, dérapant sur le sol boueux ou patinant sur l'herbe. Les traces du pickup étaient visibles par endroit, et si le temps jouait contre lui, l'inspecteur voulait encore croire qu'il finirait par rattraper les deux sentinelles avant la fin du sentier, et qu'il parviendrait à leur faire avouer leur crime. Mais ce qu'il prit d'abord pour une hallucination ou pour un signe de fatigue le glaça : deux phares se rapprochaient de lui, par l'arrière. Un véhicule le suivait, quelqu'un venu de nulle part le pistait.

— Il vient d'où ? s'exclama-t-il à voix haute, comme pour évacuer l'angoisse qui lui enserrait les poumons. Il n'y avait pas d'autre tire devant la baraque…

Aveuglé par les projecteurs de son poursuivant, Vizion avait du mal à distinguer le pickup qui semblait franchir les derniers mètres le séparant de la route. La tension de l'officier était à son maximum, les mains crispées sur son volant, les épaules et les bras endoloris par la conduite chaotique, les yeux irrités par la lumière et l'observation. Le conducteur parvint tout de même à voir la direction que prit le 4x4 et s'engagea à son tour, son poursuivant aussi. L'officier accéléra, décidé à rattraper les sentinelles, mais le véhicule qui le suivait se rapprocha dangereusement de lui, son occupant fit des appels de phares rageurs, puis sans crier gare, le doubla et se rabattit violemment devant la voiture banalisée. La pluie, le sentier boueux avaient rendu illisibles les plaques du Dodge qui disparut dans la nuit.

Vizion avait ralenti, il n'avait que peu de chance de retrouver le chauffard et encore moins de mettre la main sur le pickup et sur les sentinelles. Tout son corps était parcouru de tremblements, il dut s'arrêter. Sa filature n'avait pas été de tout repos et la fatigue s'abattait sur lui, il rêvait de se glisser dans son lit, bien au chaud sous sa couette. Une chose lui parut évidente, il ne pouvait pas rester là, garé sur le bas-côté, au milieu de nulle part : il devait poursuivre sa route.

Ce fut par le plus grand des hasards et avec l'aide des premières lueurs du jour, qu'il découvrit le Ford et le Dodge garés côte à côte, dans la cour d'une ferme bâtie en bordure de la route. Il regarda l'heure sur le tableau de bord de sa voiture, encore deux heures avant de pouvoir agir en toute légalité.

— La couette sera pour plus tard, soupira-t-il, je ne peux pas encore laisser filer ces gars. Ils n'ont peur de rien, la bâche et son contenu sont encore à l'arrière du pickup. Combien peuvent-ils être à l'intérieur ?

L'officier trouva un endroit où stationner sans être vu des occupants de la ferme, tout en pouvant surveiller les deux véhicules. Il n'avait rien de concret à fournir à son supérieur pour le convaincre de dépêcher des hommes sur place, il devait donc en apprendre plus sur les sentinelles et leur étrange chargement, sur le chauffard et sur les gens de la ferme.

Sa planque prit fin lorsque deux hommes se dirigèrent vers le Dodge, les sentinelles ou d'autres, l'inspecteur n'avait aucune chance de reconnaître les visages entrevus à la lueur de leur cigarette. Ils tirèrent à eux une énorme bassine, qu'ils transportèrent précieusement à l'intérieur d'une annexe, une étable ou une écurie. Vizion avait suivi la scène avec ses jumelles et il avait aperçu des traînées suspectes sur le récipient en zinc. Du liquide avait coulé et quelques petites taches jalonnaient la trajectoire du contenant et de son pesant contenu.

— Je dois m'assurer que ce que je crains est vrai et je pourrais ensuite réclamer du renfort !

Il prit soin de déverrouiller l'étui de son arme de service, s'assura que son téléphone portable était sur "réunion" afin de rester muet en toute circonstance, puis prudemment, méthodiquement, il s'approcha de la cour. Les véhicules n'étaient plus qu'à une vingtaine de mètres de lui, les plaques recouvertes de boue. Les marques au sol étaient d'un rouge indéfinissable, l'officier tenait en main une sorte de grand coton-tige : plus que quelques pas et il pourrait prélever une part infime du liquide échappé de la précieuse bassine. La faible distance qui restait à parcourir était à découvert, l'inspecteur devait choisir le bon moment pour s'y risquer.

Mais y avait-il un bon moment ? Des voix l'alertèrent, quelqu'un venait, il devrait encore attendre. Quatre hommes apparurent, ils étaient joviaux et peu pressés. Ils s'emparèrent du mystérieux chargement :

— Il faut son poids ! dit l'un d'eux.

— Ouais, et n'oublie pas que ce coup-ci, on se fait aussi des gendarmes ! poursuivit un autre.

— Après que je lui ai arraché les boyaux !

Vizion blêmit, la désinvolture de ces hommes lui parut cynique. Il devait interrompre leur sinistre projet. Ses doigts lâchèrent la fine baguette de bois prolongée d'un coton, destinée au prélèvement et s'emparèrent de son arme. Il suivit discrètement les quatre hommes, trop bruyants et trop affairés à porter leur butin pour s'apercevoir de sa présence. Le cortège traversa une salle qui dut certainement être une étable, remonta un couloir dans lequel planaient des odeurs caractéristiques de viande crue et de mort, de zinc chauffé à blanc sur un brûleur à gaz. Les porteurs furent accueillis par un autre homme qui leur ordonna de poser le chargement sur le banc à découper. Ce fut cet instant précis que choisit Vizion pour se propulser dans la pièce ; il ordonna d'une voix autoritaire :

— Mains en l'air, pas un geste !

Les cinq hommes s'exécutèrent, abasourdis. Ils s'écartèrent docilement pour laisser passer l'inspecteur, qui souleva la bâche, convaincu de trouver le cadavre d'un homme corpulent. Ce qu'il découvrit le laissa sans voix, incrédule.

– Si vous venez pour le boudin, prévint le cinquième homme, c'est trop tôt, je viens juste de mettre le sang à chauffer. J'ai bien failli ne pas en faire cette année, poursuivit-il, une lanterne a ralenti le transport du sang. Et si vous venez pour la charcuterie ou la viande, laissez-moi le temps de préparer ce cochon !

*Concours de nouvelles 2017
de la Vague des Livres (Villefranche sur Saône)
sur le thème :
le bonheur,
à partir de la photo page suivante.*

Genre libre.

La photo.

— Nous avons grandi tous les trois ensemble, Chloé, Léa et moi. Mes deux amies ont toujours eu la préférence des photographes ; dès leur enfance elles ont attiré les objectifs sur elles, sans même le vouloir. Je me souviens de ce cliché, en particulier, que vous regardez avec bienveillance : "Une autre idée du bonheur". Ce titre m'était prédestiné, moi qui suis resté dans l'ombre de mes amies.

Ainsi s'exprimait un inconnu, en mal de confidence. Il me murmurait à l'oreille et restait inaudible pour les autres visiteurs de l'exposition. J'avais sursauté au premier mot prononcé par ce compagnon invisible et mystérieux. Depuis la voix n'avait pas cessé de me parler et je ne parvenais pas à m'éloigner de la photo signée ChrisL.

— Voyez comme elles étaient mignonnes, mes amies. Chloé est celle qui tient le panier. Des personnes ont cru qu'il s'agissait d'un garçonnet, c'est vrai que Léa la cache en partie. Elles étaient terribles, toutes les deux et elles n'avaient peur de rien. Grimper dans les arbres, arracher maladroitement les fruits, déloger les oiseaux de leur nid étaient leurs principales occupations, quand nous nous retrouvions tous les trois dans cette cour, livrés à nous-mêmes.

J'étais interloqué, je ne voyais toujours aucune personne assez proche de moi pour me chuchoter des mots à l'oreille. Je ne comprenais pas pourquoi cette voix parlait d'elle et de ses deux amies, je ne distinguais que deux jeunes enfants sur la photo, et je n'étais même pas certain qu'il s'agissait bien de fillettes. Je crus percevoir un mouvement léger, un bruissement. Sans doute mon imagination et ma sensibilité !

Quelques plantes d'intérieur avaient été placées de part et d'autre des photos, pour séparer l'exposition et le salon du livre de Villefranche sur Saône ; les deux manifestations étaient liées par la thématique du bonheur et par le lieu, l'Atelier. J'avais décidé de visiter l'une et l'autre des expositions, sans réelle préférence. Je connaissais quelques auteurs que j'espérais trouver derrière leur table, par contre j'ignorais tout sur les photographes qui exposaient chacun une de leurs œuvres. Pourquoi étais-je d'abord allé me recueillir devant les clichés, je ne saurais pas le dire : mon envie fut subite à mon entrée dans la grande salle. Curiosité, attirance, voyeurisme ?

Des personnes bien réelles commentaient chacune des photos exposées ; je comprenais leurs arguments et leurs questionnements, mais je ne parvenais pas à détacher mon regard de l'œuvre de ChrisL. Je restais planté là, figé et insensible aux remarques désobligeantes de quelques visiteurs qui me reprochaient de bloquer l'accès à cette photo.

Une question me turlupinait bien plus que l'existence réelle de mon compagnon invisible : pourquoi ne voyais-je que deux enfants sur la photo alors que la voix n'avait de cesse de me dire qu'ils formaient un trio ? Une idée saugrenue germa dans mon esprit qui, je dois l'avouer, était ébranlé par ce que je vivais alors. Cette pensée était tellement absurde que je n'osais même pas lui accorder le moindre crédit. Pourtant elle était loin d'être stupide, si l'on admet que l'on peut dialoguer avec ... personne. Je finis donc par trouver normal de ne pas voir le troisième enfant sur la photo, puisque maintenant il me parlait sans que je ne le vis mieux. Quant à dire qu'il s'agissait d'un fantôme, je n'en étais pas encore convaincu.

Je m'approchais encore plus près de la photo, j'en scrutais les moindres détails. Je me remémorais un jeu de mon enfance qui consistait à découvrir un personnage, un animal ou un objet caché. Le plus souvent, il fallait tourner l'image dans tous les sens pour retrouver ce que le dessinateur avait habilement noyé dans le branchage d'un arbre, dans le pli d'un vêtement... Là, je ne pouvais pas agir de même ; je prenais des positions inconfortables et parfois jugées ridicules par les autres visiteurs, tantôt la tête fortement inclinée de côté, tantôt les deux mains devant les yeux avec les doigts légèrement écartés pour ne laisser apparaître que certaines zones de l'image. Je crus trouver une face de chien qui posait un regard bienveillant sur les fillettes, à l'extrême gauche de la barrière, formé de trois taches sombres qui se détachaient sur une zone grise, à travers le branchage de l'arbre. Cette image se transforma en une face de belette, posée à l'envers. Mais ces représentations ne correspondaient pas aux regards des fillettes, dirigés plus bas. J'imaginais alors un troisième enfant de la taille de Chloé, faisant face à ses deux amies et tenant lui aussi le panier. Avait-il été gommé résolument par le photographe ? Il est devenu tellement facile, avec les photos numériques, de détourer un personnage ou un objet et de le remplacer par du décor ! Cette solution me semblait plausible, mais elle n'expliquait pas la voix que j'entendais maintenant m'implorer :

— Pitié, ne m'abandonnez pas. J'existe et j'ai besoin d'être vu. Faites un effort…

— Aidez-moi un peu, me surpris-je à demander. Voilà que je cause à l'Homme Invisible, je suis bon pour l'asile !

— Je ne peux pas vous aider, vous devez me trouver tout seul sur la photo. Si je déroge à cette obligation, vous ne pourrez plus m'entendre…

J'en avais justement assez entendu et je ne pouvais pas prolonger plus longtemps mon dialogue avec mon interlocuteur, car je sentais se poser sur moi les regards étonnés de plusieurs visiteurs. D'un effort qui me parut surhumain, je réussis alors à détacher mes yeux de la photo et j'abandonnais l'exposition pour me réfugier aux toilettes de l'étage. Chemin faisant, je m'étais griffé la main gauche au contact d'une des plantes limitant la zone de l'exposition des photographies. J'aurais juré que la plante haute d'un mètre soixante s'était déplacée de manière à me barrer le chemin.

— Ne sois pas parano, me répétais-je plusieurs fois en lavant mes griffures dans les toilettes, tu as rêvé. Comment veux-tu qu'un arbuste se déplace tout seul. Tu étais trop éprouvé par ce que tu as vécu avant et ça t'a joué des tours ! Et toi, la voix, t'as une extinction ?

Je riais plus nerveusement que de satisfaction, mon jeu de mots était pourri. Aucune réponse, aucun murmure, je me sentais soulagé, j'étais redevenu moi. Cependant je ne pouvais pas m'empêcher de repenser à ce que j'avais vécu et j'éprouvais un sentiment de culpabilité. Mais pourquoi donc, je n'avais rien à me reprocher.

De retour dans la salle, j'évitais prudemment la galerie photos et je saluais quelques auteurs amis. Je n'étais pas venu pour acheter leurs nouveaux titres, seulement pour partager avec eux l'ambiance chaude et amicale de ce salon, pour boire le verre de l'amitié. Après quatre ou cinq rencontres et autant de verres de Beaujolais, j'avais fini par oublier ma mésaventure. La fermeture du salon approchait à grands pas et je pris congé de mes amis. Je toisais la plante sur laquelle je m'étais écorché, la défiant de mon regard légèrement embué. Ses feuilles se mirent alors à bouger, imperceptiblement, mais j'entendais leur bruissement et j'avais l'impression de sentir un léger courant d'air. Je haussais les épaules en me dirigeant vers la sortie lorsqu'un ami m'appela. Il était au milieu de la galerie de photos et je ne pouvais décemment pas ignorer sa présence sans risquer de sérieux problèmes avec son égo. Je le rejoignis au moment où il fut lui-même interpelé par un politique. Je me retrouvais donc seul, face aux photos.

— Pourquoi m'avez-vous abandonné ? me reprocha la mystérieuse voix.

— Je ne comprends rien à ce qui se passe ici ! murmurais-je entre mes dents. Et pourquoi m'avoir choisi, moi ?

— Parce que vous m'entendez. Il y a si peu de gens qui ont cette faculté. C'est la combinaison gagnante d'une grande sensibilité, d'une grande écoute des autres et du respect de la nature !

— Et vous voulez que je vous trouve sur la photo, c'est bien ce que vous m'avez demandé tout à l'heure, qu'est-ce que j'ai à y gagner ? Ne m'avez-vous pas dit que si vous m'aidiez à vous trouver, je ne vous entendrais plus ? Moi, je ne souhaite rien d'autre !

Je pris résolument la direction de la sortie, enhardi par l'effet pervers de l'alcool absorbé plus tôt.

— Et toi, la plante, fais gaffe à tes branches si tu ne veux pas finir au compost !

Peu après le Salon ferma ses portes.

— Les Humains sont de bien étranges créatures, gémit la voix, ils ne voient que ce qui les intéresse et ils ne se font qu'une idée très limitée du bonheur. Est-ce si compliqué d'admettre que la Nature est vivante, que moi, le troisième compère de la photo, je suis l'arbuste ? Les regards des enfants sont pourtant sans équivoque, qui oserait douter qu'ils jouent et qu'ils rient avec moi ?

La tête d'animal,
 en haut et à gauche

L'ami invisible,
 à gauche,
 tenant lui aussi l'anse du panier

*Article paru dans l'Almanach 2017 du Beaujolais
Edition LGO (Les Grilles d'Or – Lyon)*

LIVRE ET VIN

Participant régulièrement à des salons du livre en tant qu'auteur, et fort de mon observation comportementale des visiteurs, j'en suis arrivé à la conclusion suivante : le choix d'un bon livre est aussi difficile que celui d'une bonne bouteille de vin. Étrange, impossible, calomnieux, me direz-vous ! Prenez la peine de lire les quelques lignes qui vont suivre. Je ne dis pas que vous boirez mes paroles, mais...

Pour étayer mes propos, commençons par mettre en avant une certaine forme de hiérarchie, commune aux livres et aux vins. Les ouvrages de grands auteurs, mondialement connus sont au faîte de cet édifice, ceux d'auteurs nationaux (donc forcément édités à Paris...) et ceux d'auteurs régionaux (souvent auto édités) tiennent les seconde et troisième places tout comme les crus (et nous n'en sommes pas privés dans notre belle région du Beaujolais) surpassent les AOC et les vins de pays. Genre littéraire, thème abordé, style d'écriture et couleur du vin, cépage utilisé seul ou non, vinification sont autant de critères qui donnent un second niveau de classement aux écrits et au divin nectar.

Mais cette classification est insuffisante pour l'acheteur. Pour une catégorie recherchée, il lui faut encore choisir entre nom d'auteur, couverture et 4ème de couverture, titre, année de publication ou appellation, étiquette et fiche technique, nom du producteur ou du négociant, millésime pour certains. Devant le choix énorme proposé sur les salons du livre ou pendant les foires au vin, il est très difficile de sélectionner le top du top. Alors que faire ? S'en remettre aux conseils éclairés (mais parfois orientés) des critiques littéraires ou des œnologues ? Écouter les conseils avisés (et impartiaux...) des médias ? Se fier à la renommée acquise par le bouche à oreille ? Ou encore s'en remettre au rapport qualité/prix, au budget alloué, au coup de cœur ?

Les mêmes hésitations traversent l'esprit du lecteur et du consommateur et moult artifices obscurcissent leur jugement : bandeau de prix littéraire, coup de cœur de l'éditeur, médaille d'or de la ville de..., cuvée limitée n'en sont qu'un infime échantillon !

Convenons aussi que le choix d'un livre et d'une bouteille est aussi commandé par d'autres critères. Il est évident que l'achat envisagé ne sera pas le même selon les circonstances : offririez-vous à votre partenaire, à vos proches, à des amis ou encore à des connaissances plus éloignées ce que vous sélectionneriez pour vous ? Choisiriez-vous pour vous les mêmes livres et bouteilles selon que vous les consommiez seul ou accompagné ? Privilégieriez-vous la quantité à la qualité ? Oseriez-vous défendre votre choix devant des personnes que vous savez conquises par d'autres préférences ?

Allons plus en avant encore : à quelque niveau que ce soit de la littérature comme de la viticulture, il est avéré que la continuité ne peut pas exister. Tout comme les ouvrages d'un même auteur peuvent être parfois excellents, parfois médiocres, les bouteilles d'un même chai peuvent être très différentes d'un millésime à un autre. Cette variation prouve que livre et vin sont des produits vivants et que toute recherche de qualité ne peut pas s'arrêter à un auteur et à un viticulteur, mais bien à leur production. De même, le lecteur et le consommateur peuvent évoluer dans leurs choix et dans leurs goûts, en aimant aujourd'hui ce qu'ils exécraient hier ; l'être humain n'est-il pas en perpétuelle mutation ?

Depuis quelques décennies, les consommateurs français trouvent un nombre sans cesse accru d'ouvrages traduits et de vins étrangers. Le protectionnisme du Gouvernement n'est plus de mise, la langue de Molière et la diversité viticole française doivent maintenant résister à des attaques de tout horizon, comme les mangas qui détrônent les BD cultes, les vins du continent américain qui rivalisent avec les nôtres. Cela ajoute à la confusion et à l'indécision des consommateurs, les poussant parfois à différer leurs achats, voire à renoncer.

Malgré tous les écueils évoqués, lecteur et consommateur arrivent souvent à leur fin. Leur bonheur est le même, le nez penché sur les pages d'un livre ou sur un verre, la mine réjouie en offrant un cadeau individualisé. Admettons cependant que l'abus de lecture n'est pas dangereux, alors que… Reconnaissons que l'un et l'autre peuvent provoquer des migraines, des mines déconfites. Si cela parait sans conteste pour le vin, cela ne l'est pas moins pour le livre. Comment, me direz-vous ? Tout naturellement et sans alerte, c'est la conséquence d'une mauvaise vue qui force sur des mots écrits trop petit, d'un mauvais éclairage, d'un manque de sommeil induit par l'envie de finir la lecture d'un roman… Livre (de chevet) et vin peuvent aussi provoquer des troubles du sommeil ou permettre de s'évader.

Toujours là, à boire mes paroles ou plutôt à déguster le délicieux breuvage acheté tantôt ? Convenez avec moi que mon rapprochement entre livre et vin n'est plus aussi insensé que de prime abord ! Gardez à l'esprit que la qualité n'est pas l'apanage de la renommée, de petits produits locaux peuvent rivaliser avec d'autres plus médiatisés, plus distribués. Ne croyez cependant pas que livre et vin évoluent toujours de la même manière. Avec le temps, les livres des grands auteurs tombent dans le domaine public, parfois dans l'oubli alors que les appellations, les crus perdurent au-delà des siècles. Qui se souvient des écrits de Gabriel Chevallier, de Claude Bernard, de Jean Guillermet (alias Jean de la Drette pour l'almanach du Beaujolais), qui a lu entre autres Michel Verrier, Jean-Louis Bellaton ? À l'inverse, qui ignore les noms des crus du Beaujolais, mis à part les Américains (et peut-être maintenant les Chinois) qui croient que le Beaujolais n'a qu'un cru nommé Dubœuf ?

Finissons notre lecture sur une note d'espoir : espérons qu'un jour tous les cafetiers de la grande métropole lyonnaise proposeront du Beaujolais en cuvée du patron au lieu de Côte du Rhône (pour la majorité) et que Lyon deviendra un jour la capitale du livre à l'image de son ancêtre Lugdunum qui fut capitale des Gaules. Saluons la municipalité de Fleurie et sa librairie qui sont, à ma connaissance, les seules à réunir dans un même salon auteurs et viticulteurs.

Bibliographie de Robjak   (site www.robjak.com)

Titre	Année	Éditeur	Genre
Adieu tiroir !	2017	BoD	nouvelles
Lieutenant GRANGE **Le père Claude**	2017	BoD *à paraître*	policier
Mission à Val Infini	2016	Bookelis	comédie, humour
Un amour mortel	2015	Bookelis	drame sentimental
La revanche de Duplik	2012	Éd. Édilivre.com	suspense
Hold-up	2010	Éd. Édilivre.com	policier
Le livre défendu	2009	Éd. Édilivre.com	humour comédie satirique
Carole, qui es-tu ?	2007 2013	Éd. HDP Bookelis	suspense
H5N1, le virus envahisseur	2006	Éd. HDP	Catastrophe
Périls	2005	Éd. J.André	catastrophe
Ils, hold-up à la Road International Bank	2004	Manuscrit.com	policier
Carole, la Caladoise	2003 2007 2013	Éd. des Écrivains Éd. HDP Bookelis	suspense
Le passage	2001	Éd. des Écrivains	roman
Futura ou la superposition des mondes)	1997	Éd. du XX mars	science-fiction